나 한 사람 사라지고 나면 이 세상 모든
것들이 사라지고 맙니다.
어디까지나 내가 있고 나서야 세상이
있는 거지요.
그만큼 나는 귀하고 소중하고 아름다운
사람이에요.
자신을 위해 마음을 들여다보고, 돌봐주세요.
그러할 때 이 책에 들어있는 문장들에
눈을 주어 보세요.
분명히 그대의 마음에 샘물이 솟을 거예요.

2022, 나태주 씁니다.

자기돌봄의 시

자기돌봄의 시

초판 1쇄 발행 2022년 6월 7일
초판 7쇄 발행 2024년 8월 19일

엮은이 | 나태주
펴낸이 | 金湞珉
펴낸곳 | 북로그컴퍼니
책임편집 | 김나정
디자인 | 김승은
주소 | 서울시 마포구 와우산로 44 (상수동), 3층
전화 | 02-738-0214
팩스 | 02-738-1030
등록 | 제2010-000174호

ISBN 979-11-6803-032-9 03810

자기돌봄의 시

나태주

북로그컴퍼니

굴뚝같은 마음을 위하여

이 세상 모든 사람을 둘로 나누면 나 한 사람과 모든 다른 사람으로 나누어집니다. 이것은 너무나도 조화가 맞지 않는 비교요, 말도 되지 않는 대칭이지만 사실이 그렇습니다. 그렇게 나 한 사람의 존재는 크고도 대단하고 무거운 것입니다.

생각해보십시오. 나 한 사람 세상에서 사라지고 나면 이 세상 모든 것들이 사라지고 맙니다. 어디까지나 내가 있고 나서야 세상이 있는 것이요, 다른 사람도 있게 되는 것입니다. 그만큼 나는 귀하고 소중하고 아름다운 사람입니다.

나는 세상의 중심입니다. 세상의 빛입니다. 나 자신의 길이기도 합니다. 어찌 그러한 나를 함부로 소홀히 대할 수 있을까요! 지나치게 자기애에 빠진다거나 이기주의에 기우는 것은 바람직한 일은 아니지만 나를 충분히 살피고 돌보는 일은 매우 중요합니다.

하지만 사람들은 자기를 돌본다고 할 때 눈에 보이고 형체가 있는 몸을 생각하기 쉽습니다. 그렇지만 더 중요하고 시급한 대상은 마음입니다. 오늘을 사는 우리에게는 더욱 그렇습니다.

사람이 행복하고 불행한 원인을 찾아보면 80퍼센트가 정서적 요인이라고 그럽니다. 그만큼 사람의 마음은 중요하고도 막강한 힘을 지니고 있습니다. 이것을 외면할 때 우리는 여지없이 우울감에 빠지고 절망감에 붙잡히기도 하는 것입니다.

내가 정녕 지혜로운 사람이라면 마음을 들여다볼 일입니다. 나의 마음은 나를 잘 따라오고 있는가. 나는 내 마음을 잘 데리고 다니고 있는가. 서로가 안부를 묻고 서로가 안녕을 빌어야 할 필요가 있습니다.

그러할 때 우리는 스스로 평화로운 사람이 되고 다른 사람을 너그럽게 대하고 또 사랑하는 사람이 될 것입니다. 옛날 어른들 말씀에 '마음이 굴뚝같다'란 말이 있습니다. 그만큼 마음이 우뚝하다는 뜻입니다.

당신의 마음은 어떠신지요? 미세한 먼지처럼 잦아들어 있습니까. 아니면 나무 이파리처럼 선명하게 나부끼고 있습니까. 정녕 굴뚝같이 우뚝 솟아 있습니까. 분명 굴뚝같이 우뚝 솟아 있을 줄로 압니다. 그 우뚝한 굴뚝을 부디 외면하지 마시기 바랍니다.

자주 살펴주십시오. 자주 말을 걸어주십시오. 때로는 손을 잡고 낯선 풍경을 바라보아주십시오. 그러할 때 몇 줄기의 언어가 요구된다면 이 책에 들어 있는 문장들에 눈을 주어보십시오. 분명히 당신의 마음에 샘물이 솟을 것입니다.

천천히 밝아오는 마음. 조금씩 너그러워지는 들판. 그 마음이 바로 당신을 살릴 것입니다. 그 마음이 당신의 외로움과 동행해줄 것입니다. 그러할 때 당신은 당신을 가장 잘 돌보는 사람이 될 것이고 또 행복한 사람이 될 것입니다.

2022년 초여름

나태주 씁니다.

일러두기

· 이 책에 실린 시 전문은 한국문학예술저작권협회, 출판권을 가진 출판사 혹은 직접 원작자의 동의를 얻어 수록한 것입니다.

· 이 책에 실린 시 가운데 부득이하게 허락을 받지 못하고 수록한 작품에 대해서는 추후 확인되는 대로 정해진 절차에 따라 해결하도록 하겠습니다.

· 한국 현대시의 맞춤법, 구두점 등의 표기는 원본을 따랐습니다.

· 6쇄부터 시 3편이 교체되었습니다.

차례

시인의 말 —— 4

일러두기 —— 6

Part 1 ✧ 거기 봄은 어떠니

행복 * 나태주 —— 14
인생은 아름다워 * 쥘 르나르 —— 16
마음먹기 * 김초혜 —— 18
고맙다 고맙다 다 고맙다 * 김종원 —— 20
조용한 일 * 김사인 —— 24
하루 * 나태주 —— 26
고마운 * 켈리 클라손 —— 28
3월로 건너가는 길목에서 * 박목월 —— 30
살아 있는 것은 아름답다 * 양성우 —— 34
우리에게 필요한 모든 것 * 스티브 터너 —— 36
지금의 나를 사랑해주세요 * 가나모리 우라코 —— 38
진정한 성공 * 랄프 왈도 에머슨 —— 40
산속에서 * 나희덕 —— 42
시간을 위하여 * 김초혜 —— 44
고독의 맛 * 이해인 —— 46
다만 기도 * 나태주 —— 48
내 인생에 황혼이 들면 * 김준엽 —— 50
새봄의 전갈 * 나태주 —— 56
꿈을 잊지 마세요 * 올바시 쿠마리 싱 —— 60

인생 * 샬롯 브론테 —— 62
쉬운 일 * 나태주 —— 66
꿈틀거리다 * 김승희 —— 68
그리고 미소를 * 폴 엘뤼아르 —— 70

Part 2

✧

있는 그대로의 당신 모습으로

참나무 * 알프레드 테니슨 —— 74
나의 기도 * 마더 테레사 —— 76
여행은 혼자 떠나라 * 박노해 —— 78
사랑을 지켜가는 아름다운 간격 * 칼릴 지브란 —— 80
몸 * 나태주 —— 84
저물어 그리워지는 것들 * 이기철 —— 86
좀 쉰다 * 김남조 —— 88
세수 * 이선영 —— 90
놓아라 * 나태주 —— 92
F에게 * 에드거 앨런 포 —— 94
산 너머 저쪽 * 카를 부세 —— 96
시간에게 * 김남조 —— 98
말하지 않은 슬픔이…… * 정현종 —— 100
나이 * 김재진 —— 102
그때 왜 * 김남기 —— 104
정작 감사한 것들 * 차진배 —— 108
숨 쉬기 * 요한 볼프강 폰 괴테 —— 110
자연이 들려주는 말 * 척 로퍼 —— 112

진정한 여행 * 나짐 히크메트 —— 114
행간의 스승 * 김남조 —— 116
지금 하십시오 * 찰스 스펄전 —— 118
누가 나무를 제일 사랑하지? * 앨리스 메이 더글러스 —— 120
인생의 해답 * 거트루드 스타인 —— 122

Part 3 ✧ 이별에서만 초록빛과 사랑이 있음을

내 안에 내가 찾던 것 있었네 * 수전 폴리스 슈츠 —— 126
인생이란 간이역 * 나태주 —— 128
만약 내가…… * 에밀리 디킨슨 —— 130
우화의 강 * 마종기 —— 132
발작 * 황지우 —— 134
여인숙 * 잘랄루딘 루미 —— 136
맑고 향기롭게 * 《숫타니파타》 중에서 —— 138
빈 그릇에 물을 받을수록 거울이 넓어지고 있어요 * 이원하 —— 140
용서하는 마음 * 로버트 뮬러 —— 144
내가 인생을 다시 산다면 * 돈 헤럴드 —— 146
화 * 도종환 —— 150
오늘 그대가 한 일을 떠올려보라 * 조지 엘리엇 —— 152
뒤에야 * 진계유 —— 154
짐승 * 월트 휘트먼 —— 156
오늘의 결심 * 김경미 —— 158
밤 강물이여 * 나희덕 —— 162

청춘 * 사무엘 울만 —— 166
살아남기 위하여 * 나태주 —— 170
하루만의 위안 * 조병화 —— 172
자화상 * 윤동주 —— 174
민들레꽃 * 조지훈 —— 176
저녁 해 * 나태주 —— 178
모든 순간이 꽃봉오리인 것을 * 정현종 —— 180

Part 4

✧

오늘 또 다른 새날이 밝아왔다

짧은 인생 * 데일 카네기 —— 184
시간을 잃어버린 것이 아니다 * 라빈드라나트 타고르 —— 186
시간은 * 헨리 반 다이크 —— 188
오래된 기도 * 이문재 —— 190
사실은 그게 나예요 * 나태주 —— 194
인생의 비극은 * 무명 시인 —— 198
마음껏 울어라 * 메리 캐서린 디바인 —— 200
기도 * 라빈드라나트 타고르 —— 202
오늘 * 토머스 칼라일 —— 204
가라앉지 말고 떠 있으세요 * 마사 메리 마고 —— 206
인생의 시간 * 로버트 브라우닝 —— 208
체념의 순간 * 레프 니콜라예비치 톨스토이 —— 210
끝까지 해보라 * 에드거 앨버트 게스트 —— 212
약해지지 마 * 시바타 도요 —— 214
나무에 기대어 * 도종환 —— 216

웃어 * 헨리 루더포트 엘리어트 —— 218
쌀 찧는 소리를 들으며 * 호치민 —— 220
구름과 바람의 길 * 이성선 —— 222
작은 돌들은 얼마나 행복할까 * 에밀리 디킨슨 —— 224
슬픔에게 무릎을 꿇다 * 이재무 —— 226
후회 * 헨리 데이비드 소로우 —— 228
어머니에게 * 헤르만 헤세 —— 230
축복 * 도종환 —— 232
인생 * 라이너 마리아 릴케 —— 234

시인 이름으로 찾아보기(가나다순) —— 236
이 책에 실린 시의 출처 —— 238

Part 1

✧

거기 봄은 어떠니

행복

더도 덜도 말고
지금의 내가
딱 좋아요.

나태주

인생은 아름다워

매일 아침 눈을 뜰 때마다
이렇게 말해보는 것도 좋을 거예요.
눈이 보인다.
귀가 들린다.
몸이 움직인다.
기분도 그리 나쁘지 않다.
고맙다!
인생은 아름다워.

쥘 르나르

마음먹기

세상일이
어디라 없이 피어난
한 송이 꽃이라오

좋은 일도 나쁜 일도
가는 하루의
일이고

세월의 흐름을 잊고
입 벌려 웃으니
남도록 봄이 온다오

김초혜

고맙다 고맙다 다 고맙다

아주 추운 겨울이었어.
산다는 게 문득 외로워져서 무작정 밖으로 나왔지.
얼음처럼 차가운 바람이 불더라.
급히 나오느라 외투를 챙기지 못했는데
덕분에 그동안 나의 몸을 따스하게 감싸주던
두꺼운 외투의 고마움을 알게 되었어.

그런데 추우니까 갑자기 네가 생각나더라.
사랑에 실패한 후 헤어지고 나서야
비로소 사랑의 소중함을 알려준
이별에게도 고마운 마음이 들었어.
쓰린 이별 덕분에 하늘이 무너질 것 같았는데
아직도 내 머리 위에서 무너지지 않고
든든하게 서 있는 푸른 하늘도 고맙고.

나, 네 생각을 하며 얼마나 걸었을까?
푸른 하늘이 갑자기 흐려지더니 눈이 내리더라.
그때 또 나는 알게 되었지.
행복도 불행도 언젠가는 모두 사라진다는 사실을.
지금 내가 겪는 외로움도 언젠가는

사라질 거라는 생각이 들더라.
괜히 힘이 나는 거 있지.
결국 인생은 생각하기 나름이더라.

너도 한번 외쳐봐.
고맙다 고맙다 다 고맙다.
이 세상은 고마운 것 투성이다!

김종원

조용한 일

이도 저도 마땅치 않은 저녁
철이른 낙엽 하나 슬며시 곁에 내린다

그냥 있어볼 길밖에 없는 내 곁에
저도 말없이 그냥 있는다

고맙다
실은 이런 것이 고마운 일이다

김사인

하루

오늘은 일정이 없는 날
집에서 쉬고 있다고?
그래, 하루 편히 쉬렴
무엇보다도 너를 더욱
사랑하는 하루가 되기를!

나태주

고마운

기도할 수 있어서 감사한다.
내 옆에 있는 너와 함께
배울 수 있어서 감사한다.
고맙고도 고마운 나의 사랑
너는 나의 삶을 계속해서 흔든다.

내가 지쳐 있을 때
나를 어떻게 미소 짓게 할지
너는 알고 있다.
이 순간과 즐거움에 감사한다.
내 삶에 네가 들어온 것에 대해.

켈리 클라슨

3월로 건너가는 길목에서

2월에서
3월로 건너가는 바람결에는
싱그러운 미나리 냄새가 풍긴다.
해외로 나간 친구의
체온이 느껴진다.
참으로
2월에서 3월로 건너가는
골목길에는
손만 대면 모든 사업이
다 이루어질 것만 같다.
동 · 서 · 남 · 북으로
틔어 있는 골목마다
수국색(水菊色) 공기가 술렁거리고
뜻하지 않게 반가운 친구를
다음 골목에서
만날 것만 같다.

나도 모르게 약간
걸음걸이가 빨라지는 어제 오늘.
어디서나

분홍빛 발을 아장거리며
내 앞을 걸어가는
비둘기를 만나게 된다.
— 무슨 일을 하고 싶다.
— 엄청나고도 착한 일을 하고 싶다.
— 나만이 할 수 있는
일을 하고 싶다.
2월에서
3월로 건너가는 바람 속에는
끊임없이 종소리가 울려오고
나의 겨드랑이에 날개가 돋아난다.
희고도 큼직한 날개가
양 겨드랑이에 한 개씩 돋아난다.

박목월

살아 있는 것은 아름답다

살아 있는 것은 아름답다.
아무리 작은 것이라고 할지라도 살아 있는 것은
아름답다.
모든 들풀과 꽃잎들과 진흙 속에 숨어사는
것들이라고 할지라도,
그것들은 살아 있기 때문에 아름답고 신비하다.
바람도 없는 어느 한여름날,
하늘을 가리우는 숲 그늘에 앉아보라.
누구든지 나무들의 깊은 숨소리와 함께
무수한 초록잎들이 쉬지 않고 소곤거리는 소리를
들을 것이다.
이미 지나간 시간이 아니라 이 순간에,
서 있거나 움직이거나 상관없이 살아 있는 것은
아름답다.
오직 하나, 살아 있다는 이유만으로
그것들은 무엇이나 눈물겹게 아름답다.

양성우

우리에게 필요한 모든 것

속을 든든하게 해줄 음식
해를 가릴 챙 넓은 모자
갈증을 풀어줄 시원한 물
따뜻한 밤을 위한 담요 한 장

세상을 가르쳐줄 선생님
발을 감싸줄 튼튼한 신발
몸에 잘 맞는 바지와 셔츠
포근한 보금자리와 작은 난로

우리를 사랑하는 사람들
우리가 사랑하는 사람들
내일을 위한 희망
마음을 밝혀줄 등불 하나.

스티브 터너

지금의 나를 사랑해주세요

만일 자신을 용서하고
자신을 사랑하지 않으면
당신은 자신의 아름다움만
알지 못하는 것이 아닙니다.

청명한 하늘 반짝이는 별의 감동,
숨 쉬는 것의 경이로움,
바람과 수목의 속삭임,
비 오는 날의 포근함 등
당신을 둘러싼 모든 사물의
아름다움도 보지 못합니다.

친구와 부모 형제,
그리고 주위의 모든 사람들의
아름다움도 알지 못한 채
세월을 보낼지 모릅니다.

가나모리 우라코

진정한 성공

자주 그리고 많이 웃기
현명한 이에게 존경받고
아이들에게서 사랑받기
정직한 비평가의 찬사를 듣고
친구의 배반을 참아내기
아름다움을 식별할 줄 알며
다른 사람에게서 최선의 것을 발견하기
건강한 아이를 낳든
정원을 가꾸든
사회 환경을 개선하든
자기가 태어나기 전보다
세상을 조금이라도 살기 좋은 곳으로
만들고 떠나기
자신이 한때 여기 살았다는 것으로
단 한 사람의 인생이라도 행복해지는 것
이것이 진정한 성공

랄프 왈도 에머슨

산속에서

길을 잃어보지 않은 사람은 모르리라
터덜거리며 걸어간 길 끝에
멀리서 밝혀져오는 불빛의 따뜻함을

막무가내의 어둠속에서
누군가 맞잡을 손이 있다는 것이
인간에 대한 얼마나 새로운 발견인지

산속에서 밤을 맞아본 사람은 알리라
그 산에 갇힌 작은 지붕들이
거대한 산줄기보다
얼마나 큰 힘으로 어깨를 감싸주는지

먼 곳의 불빛은
나그네를 쉬게 하는 것이 아니라
계속 걸어갈 수 있게 해준다는 것을

나희덕

시간을 위하여

슬플 때는 슬픔에 잠기어
슬픔을 잊는다

적막할 때는 적막에 들어
적막을 잊는다

몸살의 뜨거움에
타던 생각도
잊어버리자 앓은 신열도
아득하게 빛나던 추억도
고요에 기대어
닻을 내리고 있다

얼굴은 지워지고
마음의 끈이 끊어져
시간이 나를
소진시킬지라도
지금 이 시간은
보물이다.

김초혜

고독의 맛

근거 없는 소문에
시달릴 때

아무도
내 편이 되어주지 않는
구설수에 휘말려
설 자리가 없을 때

혼자서 감당하는
고독의 맛은
씁쓸하고 씁쓸하여
오히려 달콤하다

괜찮아 괜찮아
아직도 살아 있기에
그런 말도
들을 수 있는 거야

내가 나를 위로하며
슬며시 한 번 안아주니

새 힘이 솟는다

이해인

다만 기도

한 달 두 달이 아닙니다
1년 2년은 더욱 아닙니다
그렇다고 한 주일 두 주일도 아니구요
다만 하루나 이틀
날마다 무사하기를
오늘이 어제 같고
내일이 또 오늘 같기를
그렇게 조금 더 지상에서
숨 쉬는 사람이기를
다만 바랄 따름입니다
머리 조아려 기다릴 뿐입니다
굽어살펴주소서.

나태주

내 인생에 황혼이 들면

내 인생에 황혼이 들면
나는 나에게 많은 날들을 지내오면서
사람들을 사랑했느냐고 물어보겠지요.

그러면 그때 가벼운 마음으로
사람들을 사랑했다고 말할 수 있도록
나는 지금 많은 이들을 사랑해야겠습니다.

내 인생에 황혼이 들면
나는 나에게 많은 날들을 지내오면서
열심히 살았느냐고 물어보겠지요.

그러면 그때 자신 있게
열심히 살았다고 말할 수 있도록
나는 지금 하루하루를 최선을 다하여 살아가겠습니다.

내 인생에 황혼이 들면
나는 나에게 많은 날들을 지내오면서
사람들에게 상처를 준 일이 없느냐고 물어보겠지요.

그러면
그때 얼른 대답하기 위해
지금 나는 사람들에게 상처 주는 말과 행동을 하지 않아야겠습니다.

내 인생에 황혼이 들면
나는 나에게 많은 날들을 지내오면서
삶이 아름다웠느냐고 물어보겠지요.

그러면 그때 나는 기쁘게 대답하기 위해
지금 내 삶의 날들을 기쁨으로 아름답게 가꾸어가겠습니다.

내 인생에 황혼이 들면
나는 가족에게 많은 날들을 지내오면서
부끄러움이 없느냐고 나에게 물어보겠지요.

그러면 그때 반갑게 대답하기 위해
나는 지금 가족의 좋은 일원이 되도록
내 할 일을 다 하면서 가족을 사랑하고 부모님께 순종하겠습니다.

내 인생에 황혼이 들면
나는 나에게 많은 날들을 지내오면서
이웃과 사회와 국가를 위해 무엇을 했느냐고 물어보겠지요.

그러면 그때 나는 힘주어 대답하기 위해
지금 이웃에 관심을 가지고 좋은 사회인으로 살아가겠습니다.

내 인생에 황혼이 들면
나는 내 마음 밭에서
어떤 열매를 얼마만큼 맺었느냐고 물어보겠지요.

그러면 그때 자랑스럽게 대답하기 위해
지금 나는 내 마음 밭에 좋은
생각의 씨를 뿌려 좋은 말과 좋은 행동의 열매를 부지런히 키워야겠습니다.

김준엽

새봄의 전갈

거기 봄은 어떠니?
어느새 꿈결처럼
복수초 수선화 피고
살구꽃 앵두꽃 지천으로
피었다 지고
벚꽃 한창 보기 좋더니만
하룻밤 사이 찬비 내려
후루룩 눈처럼 지고
이제는 썰렁한 하늘
겨우겨우 수수꽃다리
연보랏빛 물방울 몽올몽올
피워올리듯 매달고
검은 비구름 하늘 받들고 있단다

봄이 와도 꽃 옆에 마주
서 있어보지도 못하는 우리!
그래, 너는 그곳에서
너의 봄 너의 꽃 너의 푸르름
잘 지키며 잘 지내렴
이것이 새봄의 전갈이란다.

나태주

꿈을 잊지 마세요

어둡고 구름이 낀 날은 잊어버리고
태양이 환하게 빛나던 날을 기억하세요.
실패했던 날은 잊어버리고
승리했던 날을 기억하세요.

지금 번복할 수 없는 실수는 잊어버리고
그것으로 얻은 교훈을 기억하세요.
어쩌다 마주친 불행은 잊어버리고
우연히 찾아온 행운을 기억하세요.

외로웠던 날은 잊어버리고
친절한 미소를 기억하세요.
이루지 못한 목표는 잊어버리고
항상 꿈을 지녀야 한다는 사실을 기억하세요.

올바시 쿠마리 싱

인생

인생은 사람들 말처럼
어둡기만 한 것은 아니랍니다.
아침에 내린 비는
화창한 오후를 선물하지요.

때론 먹구름이 끼지만
금방 지나간답니다.
소나기가 내려 장미가 핀다면
소나기를 슬퍼할 이유가 없지요.

인생의 즐거운 순간은
그리 길지 않아요.
고마운 마음으로 그 시간을 즐기세요.

가끔 죽음이 끼어들어
제일 좋아하는 이를 데려간들 어때요.
슬픔이 승리하여
희망을 짓누르는 것 같으면 또 어때요.

희망은 금빛 날개를 가지고 있답니다.

그 금빛 날개는 어느 순간에도
우리가 잘 버티도록 도와주지요.

씩씩하게 그리고 두려움 없이
힘든 날들을 견뎌내세요.
영광스럽게 그리고 늠름하게.
용기는 절망을 이겨낼 수 있답니다.

샬롯 브론테

쉬운 일

그건 쉬운 일이에요
내가 먼저 말하는 것이고
내가 먼저 웃는 일이에요

꽃한테 내가 먼저 말해보고
내가 먼저 웃어보세요
꽃들도 말을 해줄 것이고
웃어줄 거예요

하늘한테 그래보세요
하늘도 무언가 말을 해줄 것이고
벙글벙글 웃어줄 거예요
그건 쉬운 일 참 쉬운 일이에요.

나태주

꿈틀거리다

꿈틀거리다
꿈이 있으면 꿈틀거린다
꿈틀거린다,라는 말 안에
토마토 어금니를 꽉 깨물고
꿈이라는 말이 의젓하게 먼저 와 있지 않은가

소금 맞은 지렁이같이 꿈틀꿈틀
매미도 껍질을 벗고 꿈틀꿈틀 생살로 나오는데
어느 아픈 날 밤중에
가슴에서 심장이 꿈틀꿈틀할 때도

괜찮아
꿈이 있으니까 꿈틀꿈틀하는 거야
꿈꾸는 것은 아픈 것
토마토 어금니를 꽉 깨물고
꿈틀꿈틀
바닥을 네발로 기어가는 인간의 마지막 마음

김승희

그리고 미소를

밤은 결코 완전한 것이 아니다.
무한한 슬픔의 끝에는 언제나
활짝 열려 있는 창이 있고,
언제나 꿈에서 깨어나며,
욕망은 비로소 충족되고
굶주림은 가까스로 채워진다.
관대한 마음과
열려 있는 손이 있고,
주의 깊은 눈이 있고,
함께 나누어야 할 삶이 있다.

폴 엘뤼아르

Part 2

있는 그대로의 당신 모습으로

참나무

젊거나 늙거나
저기 저 참나무같이
네 삶을 살아라.
봄에는 싱싱한
황금빛으로 빛나며
여름에는 무성하고
그리고, 그러고나서
가을이 오면 다시
더욱 더 맑은
황금빛이 되고
마침내 잎사귀
모두 떨어지면
보라, 줄기와 가지로
나목 되어 선
저 발가벗은 힘을.

알프레드 테니슨

나의 기도

사랑받고자 하는 욕구에서 나를 구하소서
칭찬받고자 하는 욕구에서 나를 구하소서
명예로워지고자 하는 욕구에서 나를 구하소서
신뢰받고자 하는 욕구에서 나를 구하소서
인정받고자 하는 욕구에서 나를 구하소서
인기를 누리고자 하는 욕구에서 나를 구하소서

굴욕에 대한 두려움에서 나를 구하소서
멸시에 대한 두려움에서 나를 구하소서
비난에 대한 두려움에서 나를 구하소서
중상모략에 대한 두려움에서 나를 구하소서
잊히는 두려움에서 나를 구하소서
오해받는 두려움에서 나를 구하소서
조롱당하는 두려움에서 나를 구하소서
배신당하는 두려움에서 나를 구하소서

마더 테레사

여행은 혼자 떠나라

여행을 떠날 땐 혼자 떠나라
사람들 속에서 문득 내가 사라질 때
난무하는 말들 속에서 말을 잃어갈 때
달려가도 멈춰서도 앞이 안 보일 때
그대 혼자서 여행을 떠나라

존재감이 사라질까 두려운가
떠날 수 있는 용기가 충분한 존재감이다

여행을 떠날 땐 혼자 떠나라
함께 가도 혼자 떠나라

그러나 돌아올 땐 둘이 손잡고 오라
낯선 길에서 기다려온 또 다른 나를 만나
돌아올 땐 둘이서 손잡고 오라

박노해

사랑을 지켜가는 아름다운 간격 *

함께 있되 거리를 두라.
그래서 천공의 바람이
너희 사이에서 춤추게 하라.

서로 사랑하라.
그러나 사랑으로 구속하지는 말라.
그보다도 두 영혼의 기슭 사이에
출렁이는 바다를 놓아두라.

서로의 잔을 채우되
한쪽의 잔만을 마시지 말라.
서로의 빵을 주되
한쪽의 빵만을 먹지는 말라.
함께 노래하고 춤추며 즐거워하되
각자는 혼자 있게 하라.
현악기가 하나의 음악을 울릴지라도
줄은 저마다 혼자이듯이.

서로 가슴을 주라.
그러나 서로의 가슴에 묶어두지는 말라.

함께 서 있으라.
그러나 너무 가까이 서 있지는 말라.
사원의 기둥들도 서로 떨어져 있는 것을.
참나무와 삼나무도 서로의 그늘 속에선 자랄 수 없다.

칼릴 지브란

* 〈사랑을 지켜가는 아름다운 간격〉으로 알려져 있지만, 칼릴 지브란의 에세이집 《예언자》에 수록된 '결혼에 대하여(On Marriage)'의 일부이다.

몸

사람에게
몸이란 것이 있었구나!

예전엔 몸이 나를
데리고 다녔는데
요즘은 내가 몸을
데리고 다녀야 한다

참 성가시고 귀찮다
예전엔 몸이 나를
그렇게 생각했을 것이다.

나태주

저물어 그리워지는 것들

나는 이 세상을 스무 번 사랑하고
스무 번 미워했다
누군들 헌옷이 된 생을
다림질하고 싶지 않은 사람 있으랴
유독 나한테만 칭얼대는 생
돌멩이는 더 작아지고 싶어서 몸을 구르고
새들은 나뭇잎의 건반을 두드리며
귀소한다

오늘도 나는 내가 데리고 가야 할 하루를 세수시키고
햇볕에 잘 말린 옷을 갈아입힌다
어둠이 나무 그림자를 끌고 산 뒤로 사라질 때
저녁밥 짓는 사람의 맨발이 아름답다
개울물이 필통 여는 소리를 내면
갑자기 부엌들이 소란해진다
나는 저녁만큼 어두워져서는 안 된다
남은 날 나는 또 한 번 세상을 미워할는지
아니면 어제보다 더 사랑할는지

이기철

좀 쉰다

최선 못다 하고 좀 쉰다
상처 자국에 손을 얹고
잠시나마 기도한 후에 좀 쉰다
오늘은 울고 나서
좀 쉰다

김남조

세수

어제의 나를 깨끗이 씻어낸다
오늘의 얼굴에 묻은 어제의 눈곱 어제의 잠
어젯밤 어둠 어젯밤 이부자리 속의
어지러웠던 꿈 어제가 혈기를 거둬간
얼굴의 창백함
을
힘 있지는 않지만 느리지는 않은 내 손길로 문질러버린다
늘 같아 보이지만 늘 새것인 물이 얼굴에 흠뻑!

얼마나 다행스러운가,
오늘엔 오늘 아침 갓 씻어낸 물방울 송송 맺힌 나의 얼굴이 있고
그러나 왠지 가슴 한구석이 서늘하지 않은가,
어제는 잔주름만 남겨놓았고
오늘 다시 시작해야 한다는 것

이선영

놓아라

우선 네 손에 쥐고 있는 것부터 놓아라
네가 보고 있는 것을 놓고
네가 듣고 있는 것을 놓아라

내친김에
네가 생각하는 것을 놓아라
무엇보다도 네가 가장
사랑하는 것들을 놓아라

그 위에 너 자신을 놓아라
비로소 편안해질 것이다.

나태주

F에게

사랑을 원하나요? 그렇다면
지금 오솔길로 걸어가세요
있는 그대로의 당신 모습으로
당신 아닌 다른 누구도 되려 하지 말고
그러면 당신의 아름다움에
세상 사람들이 뜨거운 사랑을 보낼 테니
그리고 사랑은 마치 운명처럼 다가오리니

에드거 앨런 포

산 너머 저쪽

산 너머 저 산 너머 하늘 아래
모두들 행복이 있다고 말들 하기에
나 또한 그들을 따라 찾아갔건만
아! 난 울면서 울면서 되돌아왔다네
산 너머 저 산 너머 하늘 아래
모두들 행복이 있다고 말하였건만
여기 있었네 이곳에 있었네
바로 여기에 있었네

카를 부세

시간에게

시간에게 겸손하기
시간의 식물원에게 물 주기
시간 안에서 용서받기
시간의 탓으로 돌리지 말기
시간에게 편지 쓰기
시간에게 치유받기
시간 속의 꽃을 찾기
시간의 말씀 듣기
시간에게 고백하기
시간에게 참회하기
시간 안에서 잠자기
시간 안에서 오래오래 잠자기
훗날에 그리하기

김남조

말하지 않은 슬픔이……

말하지 않은 슬픔이 얼마나 많으냐
말하지 않은 분노는 얼마나 많으냐
들리지 않는 한숨은 또 얼마나 많으냐
그런 걸 자세히 헤아릴 수 있다면
지껄이는 모든 말들
지껄이는 모든 입들은
한결 견딜 만하리.

정현종

나이

나이가 든다는 것은 용서할 일보다
용서받을 일이 많아지는 것이다.
나이가 든다는 것은 보고 싶은 사람보다
볼 수 없는 사람이 많아지는 것이다.
나이가 든다는 것은
기다리고 있던 슬픔을 순서대로 만나는 것이다.
세월은 말을 타고 가고
나이가 든다는 것은 마침내
가장 사랑하는 사람과도 이별하게 되는 것이다.

김재진

그때 왜

저 사람은 거짓말을 너무 좋아해,
저 사람과는 결별해야겠어,
하고 결심했을 때
그때 왜,
나의 수많은 거짓말했던 모습들이 떠오르지 않았지?

저 사람은 남을 너무 미워해,
저 사람과는 헤어져야겠어,
하고 결심했을 때
그때 왜,
내가 수많은 사람을 미워했던 모습들이 떠오르지 않았지?

저 사람은 너무 교만해,
그러니까 저 사람과 그만 만나야지,
하고 결심했을 때
그때 왜,
나의 교만했던 모습들이 떠오르지 않았지?

저 사람은 너무 이해심이 없어,

그러니까 저 사람과 작별해야지,
하고 결심했을 때
그때 왜,
내가 남을 이해하지 못했던 모습들이 떠오르지 않았지?

이 사람은 이래서,
저 사람은 저래서 하며
모두 내 마음에서 떠나보냈는데
이젠 이곳에 나 홀로 남았네.

김남기

정작 감사한 것들

참으로 감사한 것은
이미 코끝에 와닿아 있었다
때문에 우리는 살아 숨쉬고 있는 것이다

참으로 감사한 것은
이미 살결에 와닿아 있었다
때문에 우리는 싱싱하게 움직이고 있는 것이다

참으로 감사한 것은
이미 발밑에 와닿아 있었다
때문에 우리는 단단하게 딛고 서 있는 것이다

참으로 감사한 것은
이미 우리 속에 가득 차 있었다
초라한 모든 것을 끌어 안아야 하고
불의로운 모든 것을 바르게 펴야 한다

참으로 감사한 것은
이미 우리의 가슴 속에
우리 가슴 깊은 곳에

희망으로 가득 차 있었다

차진배

숨 쉬기

숨 쉬기에는 두 가지 은총이 있으니
들숨과 날숨이 그러하다

들숨으로 부풀고
날숨으로 도로 줄어드니
놀랍게도 삶은
이렇게 섞여 있는 것

신이 너를 밀어붙일 때도 감사하라
너를 놓아줄 때도 감사하라

요한 볼프강 폰 괴테

자연이 들려주는 말

나무가 하는 말을 들었습니다.
우뚝 서서 세상에 몸을 내맡겨라.
관용하고 굽힐 줄 알아라.

하늘이 하는 말을 들었습니다.
마음을 열어라. 경계와 담장을 허물어라.
그리고 날아올라라.

태양이 하는 말을 들었습니다.
다른 이들을 돌보아라.
너의 따뜻함을 다른 사람이 느끼도록 하라.

냇물이 하는 말을 들었습니다.
느긋하게 흐름을 따르라.
쉬지 말고 움직여라. 머뭇거리거나 두려워 말라.

작은 풀들이 하는 말을 들었습니다.
겸손하라. 단순하라.
작은 것들의 아름다움을 존중하라.

척 로퍼

진정한 여행

가장 훌륭한 시는 아직 씌어지지 않았다.
가장 아름다운 노래는 아직 불려지지 않았다.
최고의 날들은 아직 살지 않은 날들.
가장 넓은 바다는 아직 항해되지 않았고,
가장 먼 여행은 아직 끝나지 않았다.
불멸의 춤은 아직 추어지지 않았으며
가장 빛나는 별은 아직 발견되지 않은 별.
무엇을 해야 할지 더 이상 알 수 없을 때
그때 비로소 진정한 무엇인가를 할 수 있다.
어느 길로 가야 할지 더 이상 알 수 없을 때
그때가 비로소 진정한 여행의 시작이다.

나짐 히크메트

행간의 스승

어둠뿐인 어둠 없고
빛만 있는 빛도 없으리
어둠엔 빛의 가루 사금처럼 뿌려지고
빛에는 검은 씨앗 촘촘하리
사랑한 이는 지쳐 눕고
사랑받은 이는
그 사랑 갚으려고
귀로(歸路)에 있는지 몰라

한 분 스승이
어둠과 빛의 행간에 계시어
지혜의 책 한 권씩을
나눠 주시는지 몰라

김남조

지금 하십시오

할 일이 생각나거든 지금 하세요.
오늘 하늘은 맑지만
내일은 구름이 보일지도 모릅니다.
어제는 이미 당신의 것이 아니니
지금 하세요.

친절한 말 한마디가 생각나거든 지금 말하세요.
내일은 당신의 것이 아닐지도 모릅니다.
사랑의 말이 있으면 지금 하세요.
사랑하는 사람이
언제나 곁에 있지는 않습니다.

미소를 짓고 싶다면 지금 웃으세요.
당신의 친구가 떠나기 전에
장미는 피고 가슴이 설렐 때
지금 당신의 미소를 주세요.

불러야 할 노래가 있다면 지금 부르세요.
당신의 해가 저물면
노래 부르기엔 너무나 늦습니다.

당신의 노래를

지금 부르세요.

찰스 스펄전

누가 나무를 제일 사랑하지?

누가 나무를 제일 사랑하지?
"나지" 하고 봄이 말했다.
"내가 나무에게 아주 예쁜 나뭇잎 옷을 입혀주거든."

누가 나무를 제일 사랑하지?
"나지" 하고 여름이 말했다.
"내가 나무에 하얗고 노랗고 빨간 꽃을 피워주거든."

누가 나무를 제일 사랑하지?
"나지" 하고 가을이 말했다.
"난 맛있는 과일을 주고 화려한 단풍을 입혀주거든."

누가 나무를 제일 사랑하지?
"내가 제일 사랑해."
추운 겨울이 답했다.
"난 나무들에게 휴식을 주니까."

앨리스 메이 더글러스

인생의 해답

해답은 없습니다

앞으로도 해답이
없을 것이고

지금까지도 해답은
없었습니다

이것이 인생의
유일한 해답입니다.

거트루드 스타인

Part 3

✧

이 별에서만 초록빛과
사랑이 있음을

내 안에 내가 찾던 것 있었네

모두들 진정한 행복을 찾겠다고
온 세상을 헤매고 있지

하지만 새로운 도전이란
잠시 혼란스럽고 불행하기 마련인 것을
마침내 지친 그들은
자기 자신에게로 돌아오지

아, 내가 찾던 것
내 안에 있었네
행복이란
참다운 나를
사랑하는 이와 나눌 줄 아는 것.

수전 폴리스 슈츠

인생이란 간이역

힘든 중에 와중에 바쁜 가운데라도
인생이라는 말 삶이라는 말이 보이거든
다정하게 손을 흔들어주자

그러면 바쁜 인생 와중의 인생 힘든 인생도
조금은 좋은 인생 한가한 인생
아름다운 인생으로 바뀌게 될 것이다

지치고 속상하고 짜증 나는 가운데라도
슬픔이나 불행이나 미움이란 말이 지나가거든
손사래 쳐서 멀리 떠나보내자

그러면 지친 날들 힘든 날들 짜증 나는 날들도
조금씩 부드러운 날 고요한 날
여유로운 날들로 바뀔 것이다

정말로 그렇게만 된다면 하기 어려운
용서나 화해나 사랑이란 것까지도
해보고 싶은 힘이 생기기도 할 것이다

우리는 모두 지금 인생이란
간이역에서 어디로 갈 것인지
서성이고 있는 사람들이다.

나태주

만약 내가……

만약 내가 한 사람의 가슴앓이를
멈추게 할 수 있다면,
나 헛되이 사는 것은 아니리.
만약 내가 누군가의 아픔을
쓰다듬어 줄 수 있다면,
혹은 고통 하나를 가라앉힐 수 있다면,
혹은 기진맥진 지친 한 마리 울새를
둥지로 되돌아가게 할 수 있다면,
나 헛되이 사는 것은 아니리.

에밀리 디킨슨

우화의 강

사람이 사람을 만나 서로 좋아하면
두 사람 사이에 물길이 튼다.
한쪽이 슬퍼지면 친구도 가슴이 메이고
기뻐서 출렁거리면 그 물살은 밝게 빛나서
친구의 웃음소리가 강물의 끝에서도 들린다.

처음 열린 물길은 짧고 어색해서
서로 물을 보내고 자주 섞여야겠지만
한세상 유장한 정성의 물길이 흔할 수야 없겠지.
넘치지도 마르지도 않는 수려한 강물이 흔할 수야 없겠지.

긴말 전하지 않아도 미리 물살로 알아듣고
몇 해쯤 만나지 못해도 밤잠이 어렵지 않은 강,
아무려면 큰 강이 아무 의미도 없이 흐르고 있으랴.
세상에서 사람을 만나 오래 좋아하는 것이
죽고 사는 일처럼 쉽고 가벼울 수 있으랴.

큰 강의 시작과 끝은 어차피 알 수 없는 일이지만
물길을 항상 맑게 고집하는 사람과 친하고 싶다.
내 혼이 잠잘 때 그대가 나를 지켜보아주고

그대를 생각할 때면 언제나 싱싱한 강물이 보이는
시원하고 고운 사람을 친하고 싶다.

마종기

발작

삶이 쓸쓸한 여행이라고 생각될 때
터미널에 나가 누군가를 기다리고 싶다
짐 들고 이 별에 내린 자여
그대를 환영하며
이곳에서 쓴맛 단맛 다 보고
다시 떠날 때
오직 이 별에서만 초록빛과 사랑이 있음을
알고 간다면
이번 생에 감사할 일 아닌가
초록빛과 사랑; 이거
우주 奇蹟(기적) 아녀

황지우

여인숙

인간이라는 존재는 여인숙과 같다.
매일 아침 새로운 손님이 도착한다.

기쁨, 절망, 슬픔
그리고 약간의 순간적인 깨달음 등이
예기치 않은 방문객처럼 찾아온다.

그 모두를 환영하고 맞아들이라.
설령 그들이 슬픔의 군중이어서
그대의 집을 난폭하게 쓸어가버리고
가구들을 몽땅 내가더라도.

그렇다 해도 각각의 손님을 존중하라.
그들은 어떤 새로운 기쁨을 주기 위해
그대를 청소하는 것인지도 모르니까.

어두운 생각, 부끄러움, 후회
그들을 문에서 웃으며 맞으라.
그리고 그들을 집 안으로 초대하라.
누가 들어오든 감사히 여겨라.

모든 손님은 저 멀리에서 보낸
안내자들이니까.

잘랄루딘 루미

맑고 향기롭게

눈을 조심하여 남의 잘못을 보지 말고
맑고 아름다운 것만을 보라.

입을 조심하여 쓸데없는 말을 하지 말고
착한 말 바른 말만 하라.

나쁜 친구를 사귀지 말고
어질고 착한 이를 가까이하라.

지혜로운 이를 따르고
남을 너그럽게 용서하라.

오는 것을 막지 말고
가는 것을 잡지 마라.

남을 해치면 그것이 자기에게 돌아오고
세력에 의지하면 도리어 화가 따르는 법이다.

《숫타니파타》 중에서

빈 그릇에 물을 받을수록
거울이 넓어지고 있어요

피곤해도 잠들지 못하는 건
욕심 때문이 맞아요, 다만
자려고 누워서 무언가를 고르기 시작한다면
결국 선택하지 못한다면
밤에도 낮에도 결정을 피해가려고만 한다면

글쎄요

골목 끝에 엉켜버린 창고
그 높은 곳에 늙어버린 창문
높이 뛰어 여닫을 수 있을 것만 같은데
일단은 조심하기로 해요

아파요

지나가는 여행자와 눈이 마주쳐서
웃으며 피했어요
호의도 조심하고 봐요

길가에 나무가 많으니

바닥만 보며 걷기로 해요
나무가 많으니 발만 조심하면 되니까요

바닥에 천남성이 보여요
절대로 먹지 않을 거예요
목숨을 조심해야 하니까요

잠깐만요

조심하면 조심한 만큼 놓치는 게 생기잖아요
그래서 빈 그릇에 물을 받을수록
거울이 넓어지는 것이잖아요

물론 다 그렇다는 건 아니에요

적어도 지금은
잠을 잘 자도록 하자는 거예요

이원하

용서하는 마음

일요일에는 자신을 용서하라.
월요일에는 가족을 용서하라.
화요일에는 친구와 동료를 용서하라.
수요일에는 국가의 경제기관을 용서하라.
목요일에는 국가의 문화기관을 용서하라.
금요일에는 국가의 정치기관을 용서하라.
토요일에는 다른 나라들을 용서하라.

로버트 퓰러

내가 인생을 다시 산다면

내가 인생을 다시 산다면
이번에는 더 많이 실수하겠습니다.
긴장을 풀고 유연하게 살겠습니다.
그리고 좀 더 바보가 되겠습니다.
되도록 모든 일을 심각하게 생각하지 않으며
보다 많은 기회를 놓치지 않겠습니다.

더 자주 여행하고
더 자주 노을을 보겠습니다.
산도 가고 강에서 수영을 즐기겠습니다.
아이스크림은 많이 먹고 콩 요리는 덜 먹겠습니다.
많은 고통이 있다 해도
고통을 상상하지는 않겠습니다.

매일을 뜻 깊고 사려 깊게 사는 사람이 되겠습니다.
아, 나는 이미 많은 순간들을 마주했지만
인생을 다시 산다면 그런 순간들을 더 많이 갖겠습니다.
그리고 순간을 살되
쓸데없이 시간을 보내지 않겠습니다.
먼 나날만 바라보는 대신

이 순간을 즐기며 살겠습니다.

지금까지는 체온계와 보온병, 비옷, 우산 없이는
어디에도 가지 못하던 사람입니다.
허나 인생을 다시 산다면
간소한 차림으로 여행길을 나서겠습니다.

인생을 다시 산다면
이른 봄부터 늦가을까지
신발을 벗어 던지고 맨발로 지내겠습니다.
춤도 자주 추겠습니다.
회전목마도 자주 타고
데이지 꽃도 더 많이 보겠습니다.

돈 헤럴드

화

욕을 차마 입 밖으로 꺼내 던지지 못하고
분을 못 이겨 씩씩거리며 오는데
들국화 한무더기가 발을 붙잡는다
조금만 천천히 가면 안되겠냐고
고난을 참는 것보다
노여움을 참는 게 더 힘든 거라고
은행잎들이 놀란 얼굴로 내려오며 앞을 막는다
욕망을 다스리는 일보다
화를 다스리는 게 더 힘든 거라고
저녁 종소리까지 어떻게 알고 달려오고
낮달이 근심 어린 낯빛으로 가까이 온다
우리도 네 편이라고 지는 게 아니라고

도종환

오늘 그대가 한 일을 떠올려보라

해가 기울고 하루가 저물면 가만히 앉아
오늘 그대가 한 일들을 떠올려보라
누군가의 마음을 달래줄 따뜻한 말 한마디
세심한 배려의 행동
햇살 같은 친절한 눈빛이 있었는지를
그랬다면 그대는 오늘 하루를 잘 보냈다고 생각해도 좋으리라

하지만 하루가 다 지나도록
누구에게도 작은 기쁨을 주지 않았다면
온종일 그 긴 시간에도
누군가의 얼굴에 햇살을 비춘 일이 떠오르지 않는다면
지친 영혼을 달래준 아주 사소한 일도 떠오르지 않는다면
그날은 차라리 없는 것보다 더 나쁜 날이었다고 하리라

조지 엘리엇

뒤에야

고요히 앉아본 뒤에야
평상시의 마음이 경박했음을 알았네.
침묵을 지킨 뒤에야
지난날의 언어가 소란스러웠음을 알았네.
일을 돌아본 뒤에야
시간을 무의미하게 보냈음을 알았네.
문을 닫아건 뒤에야
앞서의 사귐이 지나쳤음을 알았네.
욕심을 줄인 뒤에야
이전의 잘못이 많았음을 알았네.
마음을 쏟은 뒤에야
평소에 마음 씀이 각박했음을 알았네.

진계유

짐승

나는 짐승이 되어 그들과 함께 살면 좋겠다.
그들은 평온하고 스스로 만족할 줄 안다.
나는 서서 오랫동안 그들을 바라본다.
그들은 고역이 없고
자신들의 처지를 불평하지 않는다.
그들은 밤늦도록 잠 못 이루는 일 없고
죄를 용서해달라고 빌지도 않는다.
그들은 불만이 없고
소유욕에 눈이 멀지 않았다.
다른 자에게 무릎 꿇지 않으며
어느 하나가 명예를 가지고 있거나 불행하지 않다.

월트 휘트먼

오늘의 결심

라일락이나 은행나무보다 높은 곳에 살지 않겠다
초저녁 별빛보다 많은 등을 켜지 않겠다
여행용 트렁크는 나의 서재
지구 끝까지 들고 가겠다
썩은 치아 같은 실망
오후에는 꼭 치과엘 가겠다

밤하늘에 노랗게 불 켜진 보름달을
신호등으로 알고 급히 횡단보도를 건넜으되
다치지 않았다

생각하면 티끌 같은 월요일에
생각할수록 티끌 같은 금요일까지
창틀 먼지에 다치거나
내 어금니에 혀 물린 날 더 많았으되

함부로 상처받지 않겠다

목차들 재미없어도
크게 서운해하지 않겠다
너무 재미있어도 고단하다
잦은 서운함도 고단하다

한계를 알지만
제 발목보다 가는 담벼락 위를 걷는
갈색의 고양이처럼

비관 없는 애정의 습관도 길러보겠다

김경미

밤 강물이여

낯선 물결이 반짝인다
바로 눈앞에서, 또는 아주 먼 곳에서

몇시간째 그 흐름에 몸을 맡기고 있으니
누가 흐르는지 알 수가 없다

수면 위로 떠올랐다가
어디론가 흘러가는 기억의 포말들

밤 강물이여
여기, 나를, 내려놓는다

비로소 그를 미워할 수 있게 되고
비로소 그를 용서할 수 있게 되는 곳

아무리 오래 앉아 있어도
아무도 나를 깨우러 오지 않고

이틀쯤 굶어도 배고프지 않고
마음의 공복만으로도 배가 부른 곳

몸 속 깊이 잠들어 있던 강물이 깨어나
물소리를 내기 시작하는 곳

밤 강물이 고요한 것은
더 깊이 더 멀리 움직이기 때문이다

나희덕

청춘

청춘이란 인생의 어떤 한 기간이 아니라
마음가짐을 뜻한다.
장밋빛의 용모, 붉은 입술, 유연한 손발이 아니라
굳센 의지, 풍부한 상상력, 타오르는 열정,
인생의 깊은 샘에서 솟아나는 청량함이다.

청춘이란 두려움을 물리치는 용기,
안이함을 뿌리치는 모험심을 뜻한다.
때로는 20세 청년보다도 70세 노인에게 청춘이 있다.
누구나 세월만으로 늙지 않는다.
꿈을 잃어버릴 때 늙는다.
세월은 주름살을 늘려주지만
열정을 잃으면 곧 마음이 시든다.
고뇌, 공포, 실망으로 기력은 땅에 떨어지고
정신은 가벼운 먼지가 된다.

70세든 20세든 인간의 가슴에는
경이에 끌리는 마음, 어린애 같은 미지에 대한 호기심,
인생에 대한 흥미와 환희가 있다.

그대에게도 나에게도 마음의 눈에 보이지 않는 편지함이 있다.
인간과 신으로부터 아름다움과 희망, 기쁨과 용기,
힘의 영감을 수신하는 한 그대는 언제나 젊다.

영감이 사라지고, 정신이 미궁의 눈에 덮이고,
비통함의 얼음에 갇혀 있을 때
20세라도 인간은 늙는다.
머리를 높이 들고 희망의 물결을 붙잡는 한,
80세라도 그 사람은 청춘으로 살 수 있다.

사무엘 울만

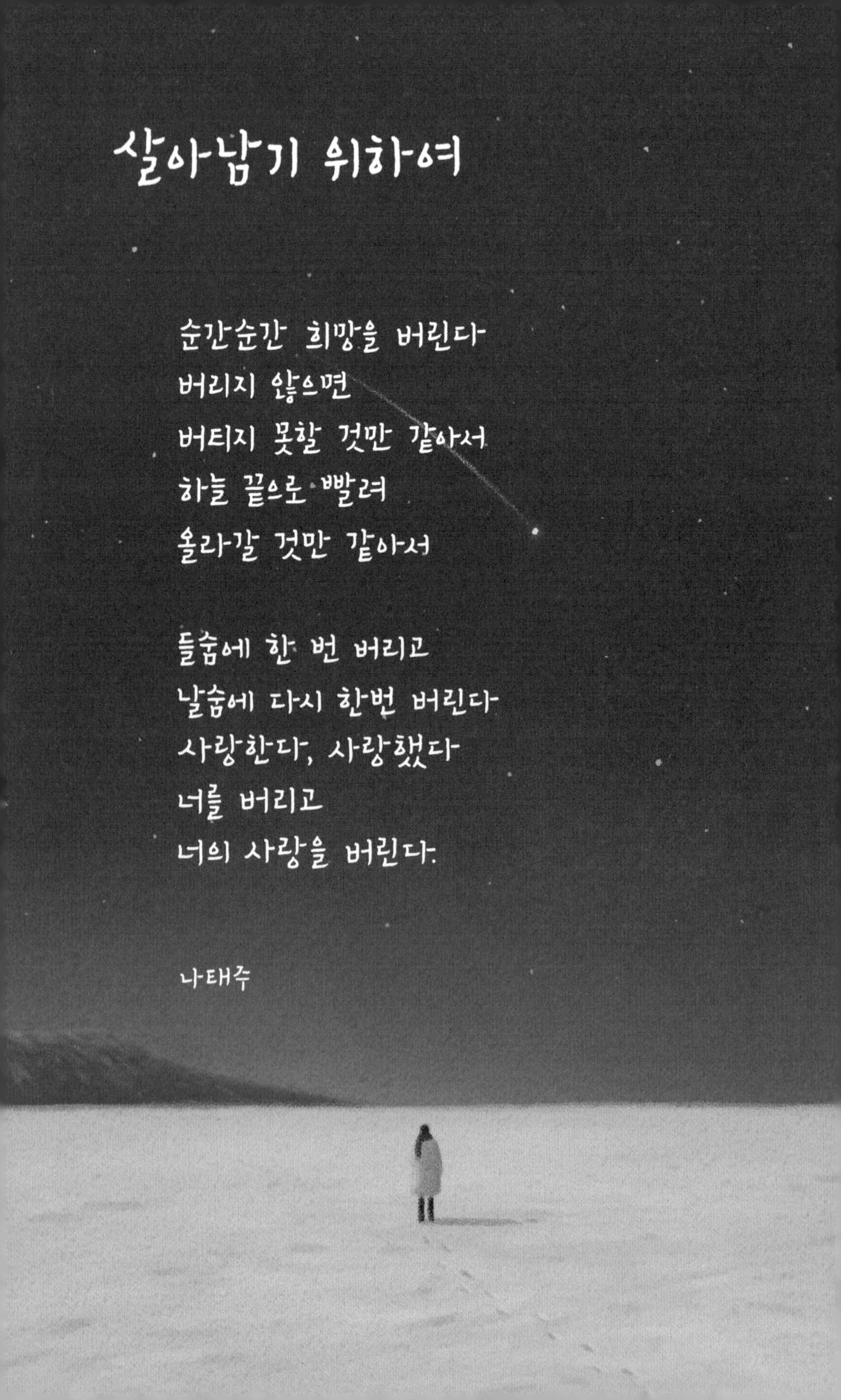

살아남기 위하여

순간순간 희망을 버린다
버리지 않으면
버티지 못할 것만 같아서
하늘 끝으로 빨려
올라갈 것만 같아서

들숨에 한 번 버리고
날숨에 다시 한번 버린다
사랑한다, 사랑했다
너를 버리고
너의 사랑을 버린다.

나태주

하루만의 위안

잊어버려야만 한다
진정 잊어버려야만 한다
오고 가는 먼 길가에서
인사 없이 헤어진 지금은 누구던가
그 사람으로 잊어버려야만 한다
온 생명은 모두 흘러가는 데 있고
흘러가는 한 줄기 속에
나는 또 하나 작은
비둘기 가슴을 비벼대며 밀려가야만 한다
눈을 감으면
나와 가까운 어느 자리에
싸리꽃이 마구 핀 잔디밭이 있어
잔디밭에 누워
마지막 하늘을 바라보는 내 그날이 온다
그날이 있어 나는 살고
그날을 위하여 바쳐 온 마지막 내 소리를 생각한다
그날이 오면
잊어버려야만 한다
진정 잊어버려야만 한다
오고 가는 먼 길가에서

인사 없이 헤어진 지금은 누구던가
그 사람으로 잊어버려야만 한다

조병화

자화상

산모퉁이를 돌아 논가 외딴 우물을 홀로 찾아가선 가만히 들여다봅니다.

우물 속에는 달이 밝고 구름이 흐리고 하늘이 펼치고 파아란 바람이 불고 가을이 있습니다.

그리고 한 사나이가 있습니다.
어쩐지 그 사나이가 미워져 돌아갑니다.

돌아가다 생각하니 그 사나이가 가엾어집니다. 도로 가 들여다보니 사나이는 그대로 있습니다.

다시 그 사나이가 미워져 돌아갑니다.
돌아가다 생각하니 그 사나이가 그리워집니다.

우물 속에는 달이 밝고 구름이 흐르고 하늘이 펼치고 파아란 바람이 불고 가을이 있고 추억처럼 사나이가 있습니다.

윤동주

민들레꽃

까닭 없이 마음 외로울 때는
노오란 민들레꽃 한 송이도
애처롭게 그리워지는데

이 얼마나한 위로이랴
소리쳐 부를 수도 없는 이 아득한 거리에
그대 조용히 나를 찾아오느니

사랑한다는 말 이 한마디는
내 이 세상 온전히 떠난 뒤에 남을 것

잊어버린다. 못 잊어 차라리 병이 되어도
아 얼마나한 위로이랴
그대 맑은 눈을 들어 나를 보느니

조지훈

저녁 해

저녁 해는 짧다
짧아서 아름답다
아름다워도 눈부시도록 아름답다

너의 저녁 해도 짧다
여전히 아름답지만
때로는 지쳐 있고 우울하다

나는 본다 너의 저녁 해 아래
불끈 솟아오르는 또 하나
검붉은 해가 숨어 있음을

한 시절 나에게도 그런
저녁 해가 있었다
그러나 나는 그것을 오래 알지 못했다

그러니 너는 알아야 한다
너의 저녁 해에는 너도 모르는
힘이 숨어 있다는 것을

그러니 너도 살아라
너의 저녁 해가 눈부시도록
서럽도록 눈부실 때까지 말이다.

나태주

모든 순간이 꽃봉오리인 것을

나는 가끔 후회한다
그때 그 일이
노다지였을지도 모르는데……
그때 그 사람이
그때 그 물건이
노다지였을지도 모르는데……
더 열심히 파고들고
더 열심히 말을 걸고
더 열심히 귀 기울이고
더 열심히 사랑할걸……

반벙어리처럼
귀머거리처럼
보내지는 않았는가
우두커니처럼……
더 열심히 그 순간을
사랑할 것을……

모든 순간이 다아
꽃봉오리인 것을,

내 열심에 따라 피어날

꽃봉오리인 것을!

정현종

Part 4

오늘 또 다른 새날이 밝아왔다

짧은 인생

우리는 일 년 후면 다 잊어버릴
슬픔을 간직하느라

무엇과도 바꿀 수 없는
소중한 시간을 낭비하고 있다.

소심하게 굴기에는
인생이 너무 짧다.

데일 카네기

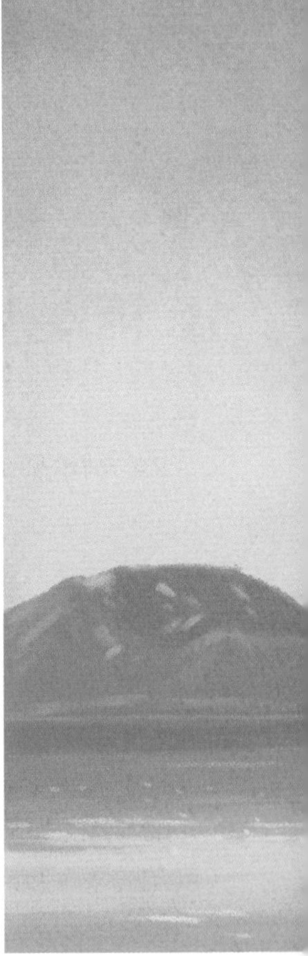

시간을 잃어버린 것이 아니다

수없이 거듭하여
나는 잃어버린 날들을 슬퍼했습니다.
그러나 결코 시간을 잃은 것이 아닙니다.
나의 주인이시여
내 생의 순간순간 모두
임의 손으로 잡으셨습니다.

임은 만물 속에 숨어
씨앗을 길러 싹트게 하시고
봉오리를 만들어 꽃을 피우시고
풍성한 열매를 맺게 하셨습니다.

나는 피곤하여 쓸쓸히 침대에 누워
모든 것이 끝났다고 생각했지만
아침에 깨어 보니
정원은 꽃들의 기적으로 가득하였습니다.

라빈드라나트 타고르

시간은

간절히 기다리는
사람들에겐 너무 느리고

심히 두려워하는
사람들에겐 너무 빠르고

깊은 슬픔에 잠긴
사람들에겐 너무 길고

무한한 기쁨에 들뜬
사람들에겐 너무 짧다네.

하지만 열렬히 사랑하는
사람들의 시간은 영원하지.

헨리 반 다이크

오래된 기도

가만히 눈을 감기만 해도
기도하는 것이다.

왼손으로 오른손을 감싸기만 해도
맞잡은 두 손을 가슴 앞에 모으기만 해도
말없이 누군가의 이름을 불러주기만 해도
노을이 질 때 걸음을 멈추기만 해도
꽃 진 자리에서 지난 봄날을 떠올리기만 해도
기도하는 것이다.

음식을 오래 씹기만 해도
촛불 한 자루 밝혀놓기만 해도
솔숲 지나는 바람 소리에 귀기울이기만 해도
갓난아기와 눈을 맞추기만 해도
자동차를 타지 않고 걷기만 해도

섬과 섬 사이를 두 눈으로 이어주기만 해도
그믐달의 어두운 부분을 바라보기만 해도
우리는 기도하는 것이다.
바다에 다 와가는 저문 강의 발원지를 상상하기만 해도

별똥별의 앞쪽을 조금 더 주시하기만 해도
나는 결코 혼자가 아니라는 사실을 받아들이기만 해도
나의 죽음은 언제나 나의 삶과 동행하고 있다는
평범한 진리를 인정하기만 해도

기도하는 것이다.
고개 들어 하늘을 우러르며
숨을 천천히 들이마시기만 해도.

이문재

사실은 그게 나예요

겉으로 당신 당당하고 우뚝하지만
당신 안에 조그맣고 여리고 약한
아이 하나 살고 있어요

작은 일에도 흔들리고
작은 말에도 상처받는 아이
순하고도 여린 아이 하나 살고 있어요

그 아이 이슬 밭에 햇빛 부신 풀잎 같고
바람에 파들파들 떠는
오월의 새 나뭇잎 한 가지예요

올해도 부탁은 그 아이
잘 데리고 다니며
잘 살기 바래요

윽박지르지 말고
세상 한구석에 떼놓고 다니지 말고
더구나 슬픈 얘기 억울한 얘기
들려주어 그 아이 주눅 들게 하지 마세요

될수록 명랑하고 고운 얘기 밝은 얘기
도란도란 나누며 걸음도 자박자박
한 해의 끝 날까지 가주기 바래요

초록빛 풀밭 위 고운 모래밭 위
통통통 뛰어가는 작은 새 발걸음
그렇게 가볍게 살아가주기 바래요.

나태주

인생의 비극은

인생의 비극은
목표에 도달하지 못한 것이 아니라
도달할 목표가 없는 데에 있습니다.

꿈을 실현하지 못한 채
죽는 것이 불행이 아니라
꿈을 갖지 않은 것이 불행입니다.

새로운 생각을 하지 못한 것이 불행이 아니라
새로운 생각을 해보려고 하지 않을 때
이것이 불행입니다.

하늘에 있는 별에 이르지 못하는 것이
부끄러운 일이 아니라
도달해야 할 별이 없는 것이
부끄러운 일입니다.

실패는 결코 죄가 아니며
목표가 없는 것이 죄악입니다.

무명 시인

마음껏 울어라

마음껏 슬퍼하라.
진정 슬픈 일에서 벗어날 유일한 길이니
두려워 말고, 큰 소리로 울부짖고 눈물 흘려라.
눈물이 그대를 약하게 만들지 않을 것이다.
눈물을 쏟고, 소리쳐 울어라.
눈물은 빗물이 되어,
상처를 깨끗이 씻어줄 테니.
상실한 모든 것에 가슴 아파하라.
마음껏 슬퍼하라.
온 세상이 그대에게 등을 돌린 것처럼.

상처가 사라지면
눈물로 얼룩진 옛 시간을 되돌아보며
아픔을 이기게 해준
눈물의 힘에 감사할 것이다.

두려워 말고, 마음껏 소리치며 울어라.

메리 캐서린 디바인

기도

위험을 모면하게 해달라 기도하지 말고
두려움 없이 위험을 마주할 수 있기를 기도하게 하소서.
고통을 멎게 해달라 기도하지 말고
고통을 이겨낼 가슴을 달라 간청하게 하소서.
생의 싸움터에서 타협을 모색하게 하지 마시고
제 힘으로 길을 찾아 극복해나가게 하소서.
두려움 속에서 근심하며 구원받기를 갈구하게 하지 마시고
스스로 자유를 찾을 인내심을 달라 기도하게 하소서.
오직 나의 성공에서만 신의 자비를 느끼는 이기주의자가 되지 않게 하시고
나의 실패에서도 신의 손길을 느끼게 하소서.

라빈드라나트 타고르

오늘

여기에 또 다른
희망찬 새날이 밝아온다.
그대는 이날을
헛되이 흘려보내려 하는가?

우리는 시간을 느끼지만
누구도 그 실체를 본 사람은 없다.
시간은 우리가 자칫
딴짓을 하는 동안
순식간에 저만치 도망쳐버린다.

오늘 또 다른
새날이 밝아왔다.

설마 그대는 이날을
헛되이 흘려보내려 하는 것은 아니겠지?

토머스 칼라일

가라앉지 말고 떠 있으세요

살아가다 보면
끈기 있게 버티기 어려울 때가 있죠
고생스럽거나 두려울 때도 있고
피곤하고 아프고 화가 날 때나
몹시 실망할 때도 있죠

당신은 건너야 할 넓은 물 위를
다 밟고 싶지 않을 때가 있을 거예요
모든 것을 포기하고
빠져버리고 싶을 때가 있을 거예요
물을 마시며 허우적거리게 되더라도

하지만 참고 견디세요
가라앉지 말고 떠 있으세요
기다리면 모든 게 좋아질 거예요

그것은 당신이
삶을 좋게 만들 수 있는
그런 사람이기 때문이에요

마사 메리 마고

인생의 시간

읽는 시간을 따로 떼어 두세요.
지혜의 샘이기 때문이에요.
웃는 시간을 따로 떼어 두세요.
영혼의 음악이기 때문이에요.
사랑하는 시간을 따로 떼어 두세요.
인생이 너무 짧기 때문입니다.

로버트 브라우닝

체념의 순간

인생에는 목표를 향해 힘차게
나아가는 꾸준한 의지가 필요한 반면

이미 지나간 일에 대한
체념도 필요합니다

힘차게 나아갈 때 계속 나아가고
물리칠 때 제대로 물리칠 줄 아는 것이
바로 인생의 지혜입니다

성공한 사람이 오직 한 번의
실패로 자신을 그토록 망치는 것은
그것으로 인해
지나치게 상심했기 때문입니다

때론 체념의 순간도
필요하다는 사실을 절대로 잊지 마세요.

레프 니콜라예비치 톨스토이

끝까지 해보라

네게 어려운 일이 생기면
마주 보고 당당히 맞서라.
실패할 수 있지만, 승리할 수도 있다.
한번 끝까지 해보라!
네가 근심거리로 가득 차 있을 때
희망조차 소용없어 보일지도 모른다.
그러나 지금 네가 겪고 있는 일들은
다른 이들도 모두 겪은 일일 뿐이다.
실패한다면, 넘어지면서도 싸워라.
무슨 일을 해도 포기하지 말라.
마지막까지 눈을 똑바로 뜨고 머리를 쳐들고
한번 끝까지 해보라!

에드거 앨버트 게스트

약해지지 마

있잖아, 불행하다고
한숨짓지 마

햇살과 산들바람은
한쪽 편만 들지 않아

꿈은
평등하게 꿀 수 있는 거야

나도 괴로운 일
많았지만
살아 있어 좋았어

너도 약해지지 마

시바타 도요

나무에 기대어

나무야 네게 기댄다
오늘도 너무 많은 곳을 헤맸고
많은 이들 사이를 지나왔으나
기댈 사람 없었다
네 그림자에 몸을 숨기게 해다오
네 뒤에 잠시만 등을 기대게 해다오
날은 이미 어두워졌는데
돌이킬 수 없는 곳까지 왔다는 걸 안다
네 푸른 머리칼에 얼굴을 묻고
잠시만 눈을 감고 있게 해다오
나무야 이 넓은 세상에서
네게 기대야 하는 이 순간을 용서해다오
용서해다오 상처 많은 영혼을

도종환

웃어

싸움에서 졌니
웃어
권리를 무시당했니
웃어

사소한 비극에 사로잡히지 마
총으로 나비를 잡지 마
웃어

일이 잘 안 풀리니
웃어
궁지에 몰렸니
웃어

너에게 무슨 일이 일어나든
웃음보다 더 나은 해결책은 없어
그러니 그냥 웃어버려

헨리 루더포트 엘리어트

쌀 찧는 소리를 들으며

쌀은 찧어질 때
몹시 아프겠지만
다 찧어진 뒤엔
솜처럼 새하얗다.
사람의 세상살이도
이와 같은 것.
고난은 너를 연마하여
보석이 되게 한다.

호치민

구름과 바람의 길

실수는 삶을 쓸쓸하게 한다.
실패는 생 전부를 외롭게 한다.
구름은 늘 실수하고
바람은 언제나 실패한다.
나는 구름과 바람의 길을 걷는다.
물 속을 들여다보면
구름은 항시 쓸쓸히 아름답고
바람은 온 밤을 갈대와 울며 지샌다.
누구도 돌아보지 않는 길
구름과 바람의 길이 나의 길이다.

이성선

작은 돌들은 얼마나 행복할까

길에서 혼자 뒹구는 저 작은 돌들은
얼마나 행복할까.
세상 출세랑 아랑곳없고
급한 일 일어날까 두려움 없네.
천연의 갈색 옷은
지나가던 어느 우주가 입혀줬나.
혼자 살며 홀로 빛나는 태양처럼
다른 데 의지하지 않고
꾸밈없이 소박하게 살며
하늘의 뜻을 온전히 따르네.

에밀리 디킨슨

슬픔에게 무릎을 꿇다

어항 속 물을

물로 씻어내듯이

슬픔을 슬픔으로

문질러 닦는다

슬픔은 생활의 아버지

무릎을 꿇고

두 손 모아 고개 조아려

지혜를 경청한다

이재무

후회

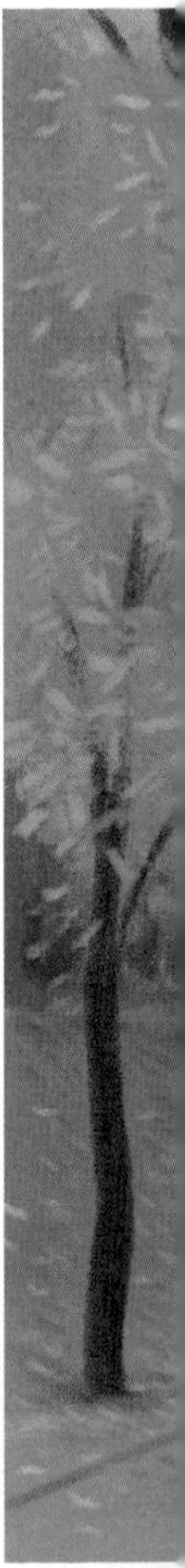

후회를 최대한 즐기라
슬픔을 억누르지 마라
후회를 보살피고 소중히 여기면
그만의 존재 목적을 가질 때가 올 것이다
깊이 후회하는 것은
새롭게 태어나는 것이다.

헨리 데이비드 소로우

어머니에게

이야기할 것이 너무나 많았습니다.
너무나 오랫동안 저는 객지에 있었습니다.
그러나 가장 나를 이해해준 분은
언제나 당신이었습니다.

오래전부터 당신에게 드리려던
나의 최초의 선물을
수줍은 어린아이 손에 쥔, 지금
당신은 눈을 감고 말았습니다.

그러나 이것을 읽고 있으면
이상하게도 슬픔이 씻기는 듯합니다.
말할 수 없이 너그러운 당신이, 천 가닥의 실로
저를 둘러싸고 있기 때문입니다.

헤르만 헤세

축복

이른 봄에 내 곁에 와 피는
봄꽃만 축복이 아니다
내게 오는 건 다 축복이었다
고통도 아픔도 축복이었다
뼈저리게 외롭고 가난하던 어린 날도
내 발을 붙들고 떨어지지 않던
스무 살 무렵의 진흙덩이 같던 절망도
생각해보니 축복이었다
그 절망 아니었으면 내 뼈가 튼튼하지 않았으리라
세상이 내 멱살을 잡고 다리를 걸어
길바닥에 팽개치고 어둔 굴 속에 가둔 것도
생각해보니 영혼의 담금질이었다
한 시대가 다 참혹하였거늘
거인 같은, 바위 같은 편견과 어리석음과 탐욕의
방파제에 맞서다 목숨을 잃은 이가 헤아릴 수 없거늘
이렇게 작게라도 물결치며 살아 있는 게
복 아니고 무엇이랴
육신에 병이 조금 들었다고 어이 불행이라 말하랴
내게 오는 건 통증조차도 축복이다
죽음도 통곡도 축복으로 바꾸며 오지 않았는가

이 봄 어이 매화꽃만 축복이랴
내게 오는 건 시련도 비명도 다 축복이다

도종환

인생

인생을 꼭 이해할 필요는 없다
인생은 축제와 같은 것
길을 걷는 아이가 바람이 불 때마다
꽃잎들의 선물을 받아들이듯
하루하루를 일어나는 그대로 맞이하라

아이는 꽃잎을 모아 간직하는 일에는
관심이 없다
머리카락에 행복하게 머문 꽃잎들을
가볍게 털어버리고
아름다운 젊은 시절을 향해
새로운 꽃잎을 달라 두 손을 내민다.

라이너 마리아 릴케

시인 이름으로 찾아보기 (가나다순)

ㄱ

가나모리 우라코 * 지금의 나를 사랑해주세요 38

거트루드 스타인 * 인생의 해답 122

김경미 * 오늘의 결심 158

김남기 * 그때 왜 104

김남조 * 시간에게 98

김남조 * 좀 쉰다 88

김남조 * 행간의 스승 116

김사인 * 조용한 일 24

김승희 * 꿈틀거리다 68

김재진 * 나이 102

김종원 * 고맙다 고맙다 다 고맙다 20

김준엽 * 내 인생에 황혼이 들면 50

김초혜 * 마음먹기 18

김초혜 * 시간을 위하여 44

ㄴ

나짐 히크메트 * 진정한 여행 114

나태주 * 놓아라 92

나태주 * 다만 기도 48

나태주 * 몸 84

나태주 * 사실은 그게 나예요 194

나태주 * 살아남기 위하여 170

나태주 * 새봄의 전갈 56

나태주 * 쉬운 일 66

나태주 * 인생이란 간이역 128

나태주 * 저녁 해 178

나태주 * 하루 26

나태주 * 행복 14

나희덕 * 밤 강물이여 162

나희덕 * 산속에서 42

ㄷ

데일 카네기 * 짧은 인생 184

도종환 * 나무에 기대어 216

도종환 * 축복 232

도종환 * 화 150

돈 헤럴드 * 내가 인생을 다시 산다면 146

ㄹ

라빈드라나트 타고르 * 기도 202

라빈드라나트 타고르 * 시간을 잃어버린 것이 아니다 186

라이너 마리아 릴케 * 인생 234

랄프 왈도 에머슨 * 진정한 성공 40

레프 니콜라예비치 톨스토이 * 체념의 순간 210

로버트 뮬러 * 용서하는 마음 144

로버트 브라우닝 * 인생의 시간 208

ㅁ

마더 테레사 * 나의 기도 76

마사 메리 마고 * 가라앉지 말고 떠 있으세요 206

마종기 * 우화의 강 132

메리 캐서린 디바인 * 마음껏 울어라 200

ㅂ

박노해 * 여행은 혼자 떠나라 78

박목월 * 3월로 건너가는 길목에서 30

ㅅ

사무엘 울만 * 청춘 166

샬롯 브론테 • 인생 62
수전 폴리스 슈츠 • 내 안에 내가 찾던 것 있었네.. 126
《숫타니파타》 • 맑고 향기롭게 138
스티브 터너 • 우리에게 필요한 모든 것 36
시바타 도요 • 약해지지 마 214
ㅇ
알프레드 테니슨 • 참나무 74
앨리스 메이 더글러스 • 누가 나무를 제일 사랑하지? 120
양성우 • 살아 있는 것은 아름답다 34
에드거 앨런 포 • F에게 94
에드거 앨버트 게스트 • 끝까지 해보라 212
에밀리 디킨슨 • 만약 내가…… 130
에밀리 디킨슨 • 작은 돌들은 얼마나 행복할까 224
올바시 쿠마리 싱 • 꿈을 잊지 마세요 60
요한 볼프강 폰 괴테 • 숨 쉬기 110
월트 휘트먼 • 짐승 156
윤동주 • 자화상 174
이기철 • 저물어 그리워지는 것들 86
이문재 • 오래된 기도 190
이선영 • 세수 90
이성선 • 구름과 바람의 길 222
이원하 • 빈 그릇에 물을 받을수록 거울이 넓어지고 있어요 140
이재무 • 슬픔에게 무릎을 꿇다 226
이해인 • 고독의 맛 46
ㅈ
잘랄루딘 루미 • 여인숙 136
정현종 • 말하지 않은 슬픔이…… 100
정현종 • 모든 순간이 꽃봉오리인 것을 180
조병화 • 하루만의 위안 172
조지 엘리엇 • 오늘 그대가 한 일을 떠올려보라 152
조지훈 • 민들레꽃 176
쥘 르나르 • 인생은 아름다워 16
진계유 • 뒤에야 154
ㅊ
차진배 • 정작 감사한 것들 108
찰스 스펄전 • 지금 하십시오 118
척 로퍼 • 자연이 들려주는 말 112
ㅋ
카를 부세 • 산 너머 저쪽 96
칼릴 지브란 • 사랑을 지켜가는 아름다운 간격 . 80
켈리 클라손 • 고마운 28
ㅌ
토머스 칼라일 • 오늘 204
ㅍ
폴 엘뤼아르 • 그리고 미소를 70
ㅎ
헤르만 헤세 • 어머니에게 230
헨리 데이비드 소로우 • 후회 228
헨리 루더포트 엘리어트 • 웃어 218
헨리 반 다이크 • 시간은 188
호치민 • 쌀 찧는 소리를 들으며 220
황지우 • 발작 134

무명 시인 • 인생의 비극은 198

이 책에 실린 시의 출처

〈3월로 건너가는 길목에서〉 박목월, 《박목월 시전집》 민음사, 2003

〈고독의 맛〉 이해인, 《작은 기도》 열림원, 2011

〈구름과 바람의 길〉 이성선, 《절정의 노래》 창비, 1991

〈꿈틀거리다〉 김승희, 《단무지와 베이컨의 진실한 사람》 창비, 2021

〈나무에 기대어〉 도종환, 《세시에서 다섯시 사이》 창비, 2011

〈나이〉 김재진, 《산다고 애쓰는 사람에게》 수오서재, 2018

〈마음먹기〉 김초혜, 《사람이 그리워서》 시학, 2008

〈만약 내가……〉 에밀리 디킨슨, 장영희 번역, 《이 아침 축복처럼 꽃비가》 샘터, 2010

〈말하지 않은 슬픔이……〉 정현종, 《견딜 수 없네》 문학과지성사, 2013

〈모든 순간이 꽃봉오리인 것을〉 정현종, 《사랑할 시간이 많지 않다》 문학과지성사, 2018

〈민들레꽃〉 조지훈, 《승무》 삼중당, 1975

〈발작〉 황지우, 《어느 날 나는 흐린 주점에 앉아 있을 거다》 문학과지성사, 1998

〈밤 강물이여〉 나희덕, 《야생사과》 창비, 2009

〈빈 그릇에 물을 받을수록 거울이 넓어지고 있어요〉 이원하, 《제주에서 혼자 살고 술은 약해요》 문학동네, 2020

〈산속에서〉 나희덕, 《그 말이 잎을 물들였다》 창비, 1999

〈살아 있는 것은 아름답다〉 양성우, 《첫마음》 실천문학사, 2000

〈세수〉 이선영, 《평범에 바치다》 문학과지성사, 1999

〈슬픔에게 무릎을 꿇다〉 이재무, 《슬픔에게 무릎을 꿇다》 실천문학사, 2014

〈시간에게〉 김남조, 《충만한 사랑》 열화당, 2017

〈시간을 위하여〉 김초혜, 《고요에 기대어》 문학동네, 2006

〈약해지지 마〉 시바타 도요, 《약해지지 마》 지식여행, 2010

〈여행은 혼자 떠나라〉 박노해, 《그러니 그대 사라지지 말아라》 느린걸음, 2010

〈오늘의 결심〉 김경미, 《밤의 입국 심사》 문학과지성사, 2014

〈오래된 기도〉 이문재, 《지금 여기가 맨 앞》 문학동네, 2014

〈우화의 강〉 마종기, 《보이는 것을 바라는 것은 희망이 아니므로》 문학과지성사, 2004

〈자화상〉 윤동주, 《하늘과 바람과 별과 시》 북로그컴퍼니, 2020

〈저물어 그리워지는 것들〉 이기철, 《노래마다 눈물이 묻어있다》 시인생각, 2013

〈정작 감사한 것들〉 차진배, 《황금우박》 작은책, 1990

〈조용한 일〉 김사인, 《가만히 좋아하는》 창비, 2006

〈좀 쉰다〉 김남조, 《충만한 사랑》 열화당, 2017

〈축복〉 도종환, 《해인으로 가는 길》 문학동네, 2006

〈하루만의 위안〉 조병화, 《사랑이 가기 전에》 시인생각, 2013

〈행간의 스승〉 김남조, 《충만한 사랑》 열화당, 2017

〈화〉 도종환, 《사월 바다》 창비, 2016